Marie-Danielle Croteau

Une lettre en miettes

Illustrations
de Bruno St-Aubin

la courte échelle

Les éditions de la courte échelle inc.
5243, boul. Saint-Laurent
Montréal (Québec) H2T 1S4

Direction littéraire et artistique:
Annie Langlois

Révision:
Simon Tucker

Conception graphique de la couverture:
Elastik

Conception graphique de l'intérieur:
Derome design inc.

Mise en pages:
Mardigrafe

Dépôt légal, 1er trimestre 2004
Bibliothèque nationale du Québec

La courte échelle reconnaît l'aide financière du gouvernement du Canada par l'entremise du Programme d'aide au développement de l'industrie de l'édition pour ses activités d'édition. La courte échelle est aussi inscrite au programme de subvention globale du Conseil des Arts du Canada et reçoit l'appui du gouvernement du Québec par l'intermédiaire de la SODEC.

La courte échelle bénéficie également du Programme de crédit d'impôt pour l'édition de livres — Gestion SODEC — du gouvernement du Québec.

Données de catalogage avant publication (Canada)

Croteau, Marie-Danielle

Une lettre en miettes

(Premier Roman; PR141)

ISBN 2-89021-706-X

I. St-Aubin, Bruno. II. Titre. III. Collection.

PS8555.R618P47 2004 jC843'.54 C2003-941894-4
PS9555.R618P47 2004

Marie-Danielle Croteau

Marie-Danielle Croteau est née en Estrie. Après des études en communication et en histoire de l'art, elle a travaillé pendant plusieurs années dans le domaine des communications. Aujourd'hui, elle se consacre à l'écriture.

À la courte échelle, Marie-Danielle Croteau a écrit pour les jeunes et les adolescents dans les collections Album, Premier Roman, Roman Jeunesse et Roman+. Elle a également publié *Le grand détour* dans la collection de romans pour les adultes. Certains de ses titres sont aussi traduits en anglais.

Marie-Danielle Croteau a vécu en France, en Afrique, dans les Antilles et en Amérique du Sud. À bord de son voilier, elle a parcouru le monde avec sa famille, traversant l'Atlantique, voguant sur le Pacifique. Elle est une passionnée de la vie, toujours prête à repartir pour une nouvelle aventure.

Bruno St-Aubin

Bruno St-Aubin a fait des études en graphisme au collège Ahuntsic, puis en illustration à l'*Academy of Art College* de San Francisco et, enfin, en cinéma d'animation à l'Université Concordia. Depuis, il illustre des contes et des romans jeunesse. On peut voir ses illustrations au Québec et dans certains pays francophones. Bruno s'amuse aussi à faire du théâtre de marionnettes. Aujourd'hui, il habite à la campagne avec sa petite famille. C'est un amoureux de la nature qui profite à plein temps de la vie!

De la même auteure, à la courte échelle

Collection Album

Série Il était une fois...:

Un rêveur qui aimait la mer et les poissons dorés
La petite fille qui voulait être roi

Collection Premier Roman

Série Fred et Ric:

Le chat de mes rêves
Le trésor de mon père
Trois punaises contre deux géants
Mon chat est un oiseau de nuit
Des citrouilles pour Cendrillon
Ma nuit dans les glaces
Mais qui sont les Hoo?

Collection Roman Jeunesse

Les corsaires du capitaine Croquette

Série Avril et Sara:

De l'or dans les sabots
La prison de verre

Collection Roman+

Lettre à Madeleine
Et si quelqu'un venait un jour

Série Anna:

Un vent de liberté
Un monde à la dérive
Un pas dans l'éternité

Marie-Danielle Croteau

Une lettre en miettes

Illustrations
de Bruno St-Aubin

la courte échelle

«L'amour, c'est ce qui est dans la maison
à Noël quand on arrête d'ouvrir les cadeaux
et qu'on écoute.»

Bob, cinq ans

1
On n'attache pas les étoiles filantes

Si on aperçoit une étoile filante, il suffit de fermer les yeux et de croiser les doigts pour que son voeu soit exaucé. C'est ce qu'on m'a toujours dit et c'est ce que j'ai fait.

Quand Lola Lopez est entrée dans ma classe, en septembre, j'ai souhaité très fort qu'elle tombe amoureuse de moi. Mais ça n'a pas fonctionné. Lola est repartie trois mois plus tard, sans l'ombre d'un petit béguin pour moi. J'en avais le coeur brisé.

— Je n'ai peut-être pas croisé les doigts assez longtemps?

ai-je demandé à ma grand-mère Jaki.

J'étais venu avec mon chat, Ric, passer les vacances de Noël chez elle, à Vancouver.

— Tu sais, Fred, on n'attache pas les étoiles filantes, a-t-elle soupiré.

Sa voix tremblait. C'était la première fois que je la voyais dans cet état. Elle s'est levée avec difficulté, elle pourtant si agile, et s'est dirigée vers sa chambre.

Je l'ai entendue ouvrir et refermer des tiroirs, des portes de placard, bouger des cartons. Puis j'ai de nouveau entendu ses pas légers sur le plancher de bois.

Grand-mère est revenue avec un album de photos presque aussi gros qu'elle.

PHOTOS

— Tu aurais dû m'appeler! lui ai-je reproché. J'aurais pu t'aider! Regarde-toi! Tu es toute sale!

Mamie a posé l'album sur la table à café et a secoué sa robe.

— Ça, mon Fredo, a-t-elle répliqué, ce n'est pas de la saleté. C'est de la poussière d'étoiles!

Ric a éternué et Jaki a enfin souri. Elle a soulevé mon minet et l'a installé sur une chaise en osier. Sur mes genoux, elle a posé l'album. Puis elle s'est assise à côté de moi.

— J'avais une petite soeur que j'adorais, a-t-elle commencé en ouvrant le livre. Jeanne. Elle est venue au monde l'année de mes six ans. Elle était belle comme un ange. Brune, bouclée, de grands yeux verts...

J'ai frissonné. Grand-mère était en train de décrire Lola Lopez!

— Très tôt, mes parents ont constaté que Jeanne avait un don. Elle arrivait à reproduire n'importe quel chant d'oiseau.

Le regard de Jaki s'est détourné vers la grande baie vitrée. Mamie venait de s'envoler vers le passé.

— C'est arrivé d'une curieuse manière, quand Jeanne avait trois ans. Une fauvette s'est écrasée sur notre balcon et nous l'avons soignée. Nous l'avons gardée quelque temps en cage avant de la remettre en liberté.

Grand-mère a feuilleté l'album jusqu'à ce qu'elle trouve la photo d'une grande cage en bois.

— C'est mon père qui l'a fabriquée. Puis il l'a installée dans

le corridor, entre la chambre de ma soeur et la mienne.

«Un lundi après-midi, ma mère a surpris Jeanne accroupie devant la cage. Au début, elle a cru qu'elle entendait l'oiseau chanter. Elle s'est approchée et elle s'est rendu compte que le son sortait de la gorge de ma petite soeur. Identique à celui de la fauvette.»

La mère de Jaki avait attendu avant d'annoncer sa découverte à la famille. Elle voulait vérifier si elle ne s'était pas trompée. Eh bien non. Après sa sieste, Jeanne venait chaque jour converser avec l'oiseau.

Le samedi, la maman a parlé de ce phénomène à son mari et à ses enfants pendant que la petite dormait. À son réveil, ils se sont entassés en silence au pied de l'escalier et ils ont tendu l'oreille.

— C'était extraordinaire, Fred. Nous entendions un chant d'oiseau, un bref silence, et puis ça recommençait. Au bout d'un moment, nous ne savions plus si c'était la fauvette ou Jeanne qui chantait, tellement c'était pareil. Nous nous sommes regardés les uns les autres. Nous étions émerveillés.

Le soir, une fois Jeanne endormie, la famille de Jaki avait tenu un grand conseil. Tous étaient d'accord pour inscrire la petite à des cours de chant.

— C'était beaucoup plus compliqué que ça en a l'air, Fredo. Nous habitions loin de la ville, et la ferme de mes parents ne rapportait pas beaucoup. Nous avions juste de quoi vivre.

— Comment avez vous fait, alors?

— Mon père a trouvé un emploi de gardien de nuit à la banque. Il ne l'a dit à personne. Un beau soir, on l'a vu sortir de sa chambre en uniforme…

Jeanne avait eu peur, se rappelait mamie.

— Elle s'est mise à pleurer. Nous, on l'a trouvé chic dans son costume. Ma mère l'a même enlacé, et ça nous a fait rire. Dans ce temps-là, les parents étaient plutôt discrets, tu sais. Pas comme aujourd'hui…

Jaki m'a adressé un clin d'oeil complice, puis elle est repartie dans son univers.

— Mon père travaillait à la ferme tous les jours, sauf les deux après-midi consacrés aux cours de chant. Le soir, il se rendait à la banque. Petit à petit, il s'est défait de ses animaux, qu'il aimait pourtant beaucoup. Il était trop fatigué.

— Et Jeanne, ai-je demandé, elle chantait bien?

— Merveilleusement, Fred. Mais elle ne voulait pas chanter.

— Quoi?

— Elle voulait seulement parler aux oiseaux. C'est ce qu'elle m'a confié à son treizième anniversaire. Je lui ai dit qu'elle n'avait pas le droit d'arrêter. Que mon père s'était sacrifié pour lui payer des leçons. Je l'ai…

Grand-mère a laissé sa phrase en suspens. Elle a refermé l'album. Une larme coulait sur sa joue.

— C'était une étoile filante, Fred, et je l'ai attachée avec des

mots. Je l'ai emprisonnée dans l'idée qu'elle devait continuer à chanter. Et elle a continué. À seize ans, elle est tombée malade. Sa gorge s'est enflammée et ensuite, ses poumons. Elle est morte d'une pneumonie.

Mamie a fait une pause. Elle a essuyé sa joue.

— Le matin de sa mort, une fauvette est venue à sa fenêtre. Jeanne lui a souri. Quelques instants plus tard, elle a fermé les yeux et l'oiseau s'est envolé. C'est lui, je crois, qui a amené ma petite soeur au paradis.

— C'est où, le paradis, grand-maman?

— Là où rien ni personne ne t'oblige à être ce que tu n'es pas, mon Fredo.

2
Retour au point Lola

Elle était triste et pourtant belle, l'histoire de ma grand-mère.

J'y ai repensé le soir en me couchant. Et j'ai repensé à Lola. Je la revoyais au fond de la classe, lorsque Mlle L. nous lisait des contes. Les phrases traçaient des éclats lumineux dans ses yeux. Parfois, elles faisaient naître un sourire discret que Lola dissimulait si elle se sentait observée.

J'ai dû perdre bien des sourires par ma faute. Je n'étais pas très malin.

J'arrivais mal à cacher que Lola me troublait. Tout le monde le savait. Jusqu'à Mlle L. qui m'en a fait la remarque en me rendant ma dernière composition du trimestre.

Elle nous avait demandé d'être sincères et expressifs en décrivant le cadeau de Noël que nous souhaitions le plus. Je l'avais été.

Mon texte s'intitulait *Un bisou sur la joue*. J'y racontais en détail comment la seule pensée d'un bisou de Lola me donnait des problèmes de fonctionnement. Palpitations. Jambes en guenille. Picotements sur la peau et brume dans les yeux. Une vraie fiche médicale!

Cette composition m'ayant valu un «A», Mlle L. l'a affichée au tableau à la fin du cours. Au retour de la récréation, le texte avait disparu. Quelqu'un avait dû le chiper pour ensuite se moquer de moi.

Je me suis glissé en douce à ma place, attendant les boulettes de papier et les quolibets.

Il ne s'est rien passé.

Mais à partir de ce moment, je suis devenu terriblement distrait et nerveux. Dans l'autobus, j'ai raté la première marche. J'ai failli renverser une petite de maternelle avec mon sac à dos. À la cafétéria, j'ai vidé le contenu de mon plateau dans un pot de fleurs plutôt que dans la poubelle.

Inquiets de me voir si perturbé, mes parents m'ont expédié à Vancouver pour me changer les idées.

Mais voilà que ce voyage me ramenait au point de départ. Au point A, au point Lola. Maintenant, il y avait dans mon univers non plus une étoile filante mais deux. Celle des souvenirs de Jaki et la mienne.

Je me suis endormi en rêvant à Lola. Elle chantait comme un oiseau, sous le regard ébahi de ma grand-mère à neuf ans. Moi,

devenu grand-père, je feuilletais un gros album poussiéreux. Ric, quant à lui, rédigeait une composition en mordillant son crayon…

3
Courrier exprès

La journée s'annonçait pluvieuse. Parfaite, selon ma grand-mère, pour courir les soldes. C'était la période de l'année où elle renouvelait ses parapluies. Elle en perdait en moyenne un par mois.

Mamie a déposé devant moi un bol de bleuets et... deux baguettes chinoises. Elle avait pris cette habitude en déménageant sur la côte ouest. Puis elle s'est empressée d'aller chercher son courrier.

— Figure-toi, s'exclama-t-elle en revenant, que j'ai croisé le facteur. Il y a un courrier exprès pour toi!

— Pour moi?

— Ça vient de tes parents. C'est sûrement une lettre qu'ils t'ont réexpédiée, regarde. Sous ton adresse, il y a une mention soulignée en rouge: de Lola Lopez.

Soudain, il ne pleuvait plus sur Vancouver. Il faisait un soleil d'enfer. J'avais les joues qui brûlaient et des papillons qui volaient dans mon estomac.

J'ai tendu vers Jaki une main aussi molle qu'un drapeau en panne de vent. J'ai saisi l'enveloppe pour aller l'enterrer sous mon oreiller, comme font les chiens avec leurs os.

Je l'ouvrirais plus tard. Je n'étais pas pressé. J'aimais la sensation que j'avais de marcher sur un coussin d'air. D'avoir à la place des jambes deux ballons gonflés à l'hélium.

Un sourire en coin, grand-mère a débarrassé la table, enfilé son imperméable et chaussé ses bottes de pêche. Puis elle m'a entraîné dans un long parcours à pied et en autobus, jusqu'à la rue Robson.

Pauvre Jaki! Au retour, lorsqu'elle a vidé ses sacs, j'ai constaté que je lui avais fait acheter douze parapluies identiques. De grandes cloches noires, horribles, piquées de petites étoiles jaunes.

J'étais désolé et, surtout, je ne comprenais pas pourquoi elle m'avait écouté.

— Parce que je m'amusais follement, Fred. Tu ne t'es pas vu la tête!

RUBSON

— Qu'est-ce qu'elle a, ma tête?

— Tu as l'air d'un épagneul qui a perdu sa balle. Si j'étais toi, je courrais vite l'ouvrir.

— Ma balle?

— Non! a pouffé Jaki. Ta lettre!

Mamie avait raison. Mieux valait mettre fin à cette torture et aux gaffes que j'accumulais depuis le matin.

J'ai rangé ma casquette dans le micro-ondes et j'ai foncé vers ma chambre. Ric y avait passé la journée. Lorsque j'ai ouvert la porte, il a filé entre mes jambes et gagné sa litière en trois bonds.

Sur le coup, je me suis imaginé que c'était pour se soulager. À voir le désordre qui régnait dans la pièce, je n'en étais plus aussi sûr. Il allait probablement se cacher dans un endroit où personne n'irait le gronder.

Pourtant, j'étais bien mal placé pour reprocher à Ric ses méfaits. Je l'avais abandonné là, sans jouets, avec pour seules distractions un lit défait et mes bagages. Il s'était occupé comme il avait pu.

Je parie qu'il avait essayé chacun de mes vêtements tout en se brossant les dents. C'est du moins ce que j'en ai déduit. Il y avait du dentifrice sur mes jeans, mes t-shirts, mes caleçons et mes chaussettes.

J'ai mis du temps à comprendre d'où venaient les bouts de papier mélangés au dentifrice. C'est un «A» collé sur une culotte qui m'a mis la puce à l'oreille. Je me suis précipité sur mon oreiller et l'ai envoyé valser à travers la pièce. Il a ricoché sur une commode, entraînant dans sa chute une collection d'animaux miniatures en porcelaine de Chine.

Le désastre était complet.

Alarmée par le vacarme, mamie est arrivée en courant.

— Mon Dieu! s'est-elle contentée de dire en verdissant.

Malgré son sourire compatissant, je me sentais affreusement coupable. Je l'ai aidée autant que j'ai pu à replacer les figurines. Mais par nervosité, je les faisais retomber aussitôt.

Au bout d'un moment, grand-mère s'est assise par terre et a éclaté de rire.

— Ça ne grave pas, mon Fredo, a-t-elle échappé entre deux hoquets.

En entendant cette expression de mon ami Miguel* dans la bouche de Jaki, je me suis écroulé à mon tour. J'ai ri aux larmes.

Concluant que le danger était passé, Ric est réapparu dans l'entrebâillement de la porte.

— Il est revenu parmi nous, s'est exclamée mamie avant d'être prise d'une nouvelle attaque de fou rire. «Par minou», Fred. Ah! Elle est bien bonne!

C'est finalement la sonnerie du téléphone qui nous a obligés à nous relever.

Tandis que grand-mère allait répondre, j'ai pris les choses en main. J'ai rassemblé d'un côté

---

* Fredo et Miguel ont fait connaissance dans le roman *Mon chat est un oiseau de nuit*.

les vêtements à laver et de l'autre, les bouts de papier déchirés. Ensuite, j'ai séparé les mots bleus des mots verts écrits par Lola. Il ne me restait plus qu'à les placer en ordre.

Il était tard et j'étais fatigué. J'ai donc reporté la suite de l'opération au lendemain. J'espérais qu'il pleuvrait et qu'il ferait un froid de canard.

J'avais besoin de temps pour rester à l'intérieur et résoudre mon problème de coeur...

4
Sauce qui peut!

Reconstituer la lettre de Lola était aussi facile que d'assembler un casse-tête représentant un champ de neige. À part «Cher Fred», je n'avais aucun point de repère. Le résultat que j'ai obtenu, après deux jours, était si déprimant que j'en ai perdu l'appétit.

Jusque-là, Jaki n'avait pas voulu s'en mêler. «Par souci de discrétion», m'a-t-elle expliqué. Dès lors que ma santé était en jeu, elle se devait d'intervenir.

— Montre-moi cette lettre, Fredo. Il se peut que tu aies commis des erreurs de collage.

Cette perspective m'a remonté le moral. Je lui ai apporté la lettre... et les papiers que je n'avais pas réussi à placer.

— Qu'est-ce que c'est que ça? m'a-t-elle demandé.

Il y avait là quelques mots isolés et un «sauce qui peut» qui m'avait fort embêté.

— Ce n'est pas logique qu'il te reste des mots, mon petit lapin. Tu as dû te tromper. Voyons voir...

Et elle a entrepris de lire à haute voix:

Cher Fred,

Grâce à ta composition, je m'est cassé une jambe en dégringolant un escalier ennemi. Me voici dans un hôpital plein d'enfants malades bien triste.

Malgré la grippe, c'est moi qui ai pris à la dernière minute le rôle de La petite reine au nez rouge dans le spectacle de Noël. Un rôle écrit pour moi. J'ai joué à merveille. Ma performance a été un grand succès et ça m'a donné des ailes.

On m'offre des petits pois, des atacas, des brocolis et des dindons pour le réveillon.

Le clown défend son territoire, mais nous finirons par nous unir et nous prendrons la fuite en criant Joyeux Noël en retard! Nous serons une tribu de comédiens en route pour la gloire, au théâtre. Tu comprends? Merci.

Avant de partir pour toujours combattre l'invasion du cinéma, je t'envoie le bisou que tu souhaitais tant. Une famille devait s'en charger mais n'en ai pas eu le temps.

Lola en déroute

— Hum! a commenté grand-mère. Je vois quelques petites fautes de français. C'est bon signe.

— Oh là là! me suis-je esclaffé. Il ne faudrait pas que Mlle L. t'entende!

— Mlle Elle? a rigolé Jaki. Et ton prof d'éducation physique, il s'appelle M. Eux? Enfin... Oui, c'est bon signe. En corrigeant tes erreurs, on court la chance d'obtenir une lettre plus encourageante.

Mamie a replacé ses lunettes et ajouté:

— Redonnons aux verbes les sujets et les compléments qui leur appartiennent et voyons ce que ça donne. Tu es d'accord?

Comment refuser une telle offre? J'aurais fait n'importe quoi pour que Lola ne prenne pas la fuite avec un clown.

— Ne t'inquiète pas, mon chéri. Nous commanderons des mets chinois. J'adore...

— ... manger avec des baguettes.

— Comment le sais-tu?

* * *

Il m'avait fallu deux jours pour arriver à une solution. En deux heures, mamie en avait trouvé une autre. J'étais ébloui.

— L'expérience, Fred, a déclaré Jaki. L'expérience! N'oublie pas qu'à mon âge, on en a résolu des énigmes! Des mots croisés, des mots cachés, et bien des histoires d'amour.

Au mot «amour», j'ai recommencé à avoir des palpitations. J'imaginais déjà une déclaration enflammée, sans toutefois savoir où s'inséraient la sauce et le dindon.

— Il n'était pas simple, en effet, de caser ces mots et certains autres, a admis ma grand-mère. J'y suis quand même parvenue. J'espère ne pas m'être complètement égarée! Je te lis ma version?

Je me suis calé dans un fauteuil et j'ai fermé les yeux.

Cher Fred,

C'est moi qui ai pris ta composition. Je voulais te la rendre avant de partir, mais je n'en ai pas eu le temps.

J'appartiens à une famille de comédiens. Un hôpital pour enfants nous a demandé à la dernière minute de présenter notre spectacle de Noël, et nous n'avons pas pu refuser. Le clown qui devait s'en charger s'est cassé une jambe en dégringolant

un escalier. Sans nous, les petits malades auraient eu un réveillon bien triste. Tu comprends?

En tout cas, merci de ce que tu as écrit sur moi. Ça m'a donné des ailes. Malgré la grippe qui me faisait le nez rouge, j'ai joué à merveille mon rôle de reine des Atacas.

C'est une tribu qui défend son territoire contre son ennemi de toujours, le peuple des Petits Pois. Nous finirons par nous unir afin de combattre l'invasion des Brocolis. Mais nous serons mis en déroute par les Dindons, et nous prendrons la fuite en criant: «Sauce qui peut!»

Grâce à toi, ma performance a été un grand succès. On m'offre plein de rôles au théâtre et au cinéma. Me voici en route pour la gloire. Je t'envoie le bisou que tu souhaitais tant.

Joyeux Noël en retard,

Lola

Grand-mère s'est tournée vers moi.

— Qu'en penses-tu?

— Je préférais Lola en petite reine au nez rouge, ai-je répondu, un peu bougon.

— C'était une belle trouvaille, Fredo. Malheureusement, dans les contes, il s'agit plutôt d'un renne. Tu n'as pas répondu à ma question...

Je me suis penché pour prendre Ric qui miaulait.

Intérieurement, je miaulais aussi. Lola était partie et je ne la reverrais sans doute jamais. Grand-mère avait eu raison de dire qu'on n'attache pas les étoiles filantes.

— Je sais à quoi tu penses, mon chéri, a dit Jaki en m'entourant de ses bras frêles. Et je crois que tu devrais relire cette lettre. C'est une magnifique déclaration d'amour.

— Lola n'a pas écrit ça, ai-je protesté.

— Elle a fait beaucoup plus, mon Fredo. Grâce à toi, elle a joué merveilleusement. Tu lui as donné des ailes. Elle est en train de prendre son envol.

— De s'éloigner, ai-je maugréé.

— Non, a répliqué mamie. De se rapprocher de ce qui la passionne.

— Ce n'était pas le but visé…

— La nuit porte conseil, Fred.

Demain, tu verras les choses sous un autre angle.

J'ai pris la lettre et je me suis levé. Rendu à la porte de ma chambre, je me suis retourné.

— Je suis au moins content d'une chose, ai-je avoué.

— Quoi donc, mon petit lapin?

— C'est le clown et non Lola, qui s'est cassé la jambe...

Grand-mère a souri.

— Tu vois qu'avec un rien de grammaire, on peut changer le cours de l'histoire.

J'ai souri à mon tour.

— Bonne nuit, grammaire.

5
Silence, on tourne

Le lendemain, un soleil radieux m'a tiré du lit. J'ai trouvé mamie dans la cuisine en train de préparer des sushis. Ric était juché sur un tabouret à ses côtés. Un lambeau de poisson cru lui pendait de la gueule. J'ai évité de l'embrasser, il aurait eu trop mauvaise haleine.

— Tu as bien dormi? m'a demandé joyeusement Jaki.

— Aussi profondément qu'un petit pois dans sa boîte de conserve.

— Ah! ah! Je constate que tu as relu ton auteure préférée. Alors?

— Hum! ai-je répondu en haussant les épaules.

Je n'allais pas reconnaître aussi facilement qu'en effet, la nuit avait porté conseil. Ni que j'avais relu plusieurs fois la lettre de Lola. Je l'avais trouvée de plus en plus belle au fur et à mesure que le ciel s'étoilait.

Il devait être une heure du matin quand j'avais finalement éteint ma lampe. Pourtant, je me sentais aussi reposé que si j'avais dormi onze heures d'affilée.

— Au fait, quelle heure est-il, mamie?

— Midi.

J'avais dormi onze heures d'affilée.

— Pourquoi ne m'as-tu pas réveillé?

— Pfft! Tu as vu le temps?

J'ai regardé dehors. Le ciel était chargé de gros nuages noirs.

— Ça alors! me suis-je étonné. J'aurais pourtant juré...

— Juré quoi? voulut savoir Jaki qui attendait la suite.

— Que c'est le soleil qui m'avait réveillé.

Grand-mère a plissé les yeux puis, après une seconde de réflexion, elle s'est tapé le front:

— Les projecteurs!

Je l'ai interrogée du regard.

— J'avais complètement oublié, Fred. Il y a un tournage de film qui débute ce matin. Dans la rue d'en arrière, là où donne la fenêtre de ta chambre. On va voir?

Elle a dénoué son tablier et l'a jeté sur le tabouret, où Ric trônait toujours. Pauvre minet! On aurait dit le fantôme Casper. Il s'est enfui en traînant son linceul blanc qui l'aveuglait. Il a fini par s'en débarrasser après avoir heurté trois chaises et un guéridon. Il s'est ensuite réfugié dans sa litière.

Grand-mère, elle, ne s'est aperçue de rien. Elle était déjà en train d'enfiler ses bottines de marche.

Quinze minutes plus tard, nous étions pris dans un embouteillage. Des centaines de curieux étaient entassés derrière un câble jaune. Avec un de ses affreux parapluies, Jaki nous a frayé un chemin jusqu'au premier rang des spectateurs. Et là, en fin de combat, elle m'a pointé son immeuble:

— C'est bête, on aurait eu un meilleur point de vue de ta chambre...

J'ai levé la tête. Ric, confortablement installé sur le rebord de la fenêtre, se léchait une patte. Il attendait que les projecteurs se rallument.

Bientôt, un coup de sifflet a retenti dans l'air. La foule s'est tue. Le réalisateur a lancé des ordres dans un mégaphone et deux acteurs sont sortis d'un faux dépanneur en se bousculant.

Le décor a failli s'effondrer quand le petit chenapan, défendant le pain qu'il avait volé, s'est retourné pour en frapper le marchand. La baguette était probablement plus dure que prévu. Le marchand a perdu l'équilibre et chuté par en arrière.

Il fallait recommencer la scène.

Trois heures plus tard, nous en étions au même point. À chaque nouvelle prise, il y avait un contretemps. J'étais découragé et j'avais faim.

— On rentre, mamie?

Avant le repas, je me suis assis par terre et j'ai joué avec Ric. Jaki avait allumé la télévision pour les nouvelles et je les regardais distraitement. À un moment donné, j'ai jeté un coup d'oeil à l'écran. Je me suis rendu compte qu'on parlait du tournage. La caméra balayait la foule avant de montrer le décor du film.

Dans un éclair, j'ai aperçu une silhouette qu'il m'a semblé reconnaître.

— C'est elle! me suis-je écrié. Je dois la retrouver!

Malgré les protestations de ma grand-mère, j'ai enfilé ma veste et je suis sorti. J'ai contourné le

pâté de maisons en courant, et ne me suis arrêté qu'au câble jaune.

Il ne restait plus rien, de l'autre côté, que des décors vides et des projecteurs éteints.

* * *

Jaki m'attendait au pied de l'escalier. Nous sommes remontés à son appartement et nous avons mangé en silence.

J'avais presque terminé quand le téléphone a sonné. C'était ma mère. Elle appelait pour prendre des nouvelles. En entendant sa voix, j'ai soudain eu hâte de rentrer. De retrouver mes parents, mon petit frère, mes amis. Et même Mlle L. et M. Eux.

— Nous t'attendrons à l'aéroport, mon chéri. À dimanche!

— Oui, maman. À dimanche!

J'ai raccroché avant de me mettre à pleurer.

— Viens, Fredo, a fait doucement ma grand-mère.

Elle m'a pris par les épaules et m'a entraîné au salon. Son gros album de photos s'y trouvait toujours, sur la table à café. Nous avons passé le reste de la soirée à le regarder. Cette fois, elle n'était pas triste en parlant de sa soeur. Elle était simplement émue.

— Demain, a-t-elle dit avant d'aller se coucher, nous irons donner à manger aux oiseaux du parc Stanley.

«Et ce soir, ai-je pensé dans ma tête, j'irai à la fenêtre voir s'il y a des étoiles filantes.»

Le lendemain, j'ai trouvé une enveloppe à côté de mon bol de bleuets. Mamie l'avait laissée là avec une note avant d'aller au marché. À l'intérieur, il y avait un article sur le film. L'heure et le lieu du tournage quotidien étaient soulignés en rouge.

J'ai repensé à mes cours d'origami. J'ai plié et replié la coupure de journal jusqu'à ce qu'elle ait la forme d'un oiseau. Puis j'ai déposé mon oiseau sur l'album de photos et je suis descendu au terrain de jeux.

Une petite blonde aux yeux bleus, belle comme le soleil, courait après sa balle. Je me suis penché, je l'ai ramassée et la lui ai lancée. Elle m'a souri et me l'a relancée.

Nous avons joué ainsi pendant au moins une heure.

Et puis soudainement, je me

suis rappelé que grand-mère m'attendait pour aller au parc Stanley. Je me suis retourné et je l'ai aperçue à la fenêtre de son salon. Elle me regardait, un sourire moqueur aux lèvres. Je lui ai fait signe que j'arrivais. Dans dix minutes.

Elle a haussé les épaules et tiré les rideaux.

Quand je suis rentré, l'album était rangé. Il ne restait plus, à sa place, qu'un petit oiseau de papier.

Table des matières

Achevé d'imprimer
sur les presses de Transcontinental Litho Acme.